A Clara

Título original: *Pomelo est bien sous son pissenlit*
Publicado con el acuerdo de Albin Michel Jeunesse, París
© De esta edición: Editorial kókinos
Primera edición: 2005
Segunda edición: 2013
www.editorialkokinos.com
Traducido por Esther Rubio
ISBN: 978-84-88342-83-6
Depósito legal: M-27104-2013

Esta obra se benefició del PAP GARCÍA LORCA, Programa de Publicación
del Servicio de Cooperación y de Acción Cultural de la Embajada de Francia en España
y del Ministerio francés de Asuntos Exteriores

Pomelo
es feliz

Ramona Bădescu   Benjamin Chaud

KÓKINOS

¡ Qué trompa !

Pomelo es feliz bajo su flor de diente de león.

Pero, para ser un elefante tan pequeño, ¡vaya trompa!

Le ocurre a menudo:

cuando baila se la pisa.

O cuando está cazando mosquitos,

se la golpea contra las piedras.

¡Tendría que hacer algo con ella!

¿Por qué no un collar?
Sí, sí, es una buena idea.
Pero…¿y qué hace para respirar?

O quizá un turbante...

Pero no quiere parecer un pachá.

Puede que Emilio, el camaleón,

le dé una solución.

¡Uuuualaa…!
Imposible caminar sin acabar rodando.

Y luego evitar
a esos bebés de caracol
tan idiotas.

Sin embargo, con esa trompa,

Pomelo puede gastar bromas muy divertidas.

O alcanzar…

una deliciosa fresa silvestre.

Hacer acrobacias
entre los tomates...

¡Y maravillosas
pompas de jabón!

Y hasta leer un cuento
bajo su flor de diente de león
antes de dormir.

Pomelo tiene miedo

Bajo su flor de diente de león,
Pomelo tiene miedo.

Por la noche
le dan miedo los puerros.

Y las mariposas,
porque no se puede…

confiar en ellas.

También tiene miedo de que la lluvia
borre los colores.

O de que todo se ponga,
de pronto, del revés.

Tiene miedo de que, en su ausencia,
venga alguien y se instale
bajo su flor de diente de león.

Tiene miedo de que su trompa
continúe creciendo…

o de que desaparezca.

Tiene miedo de ser una tetera.

Tiene miedo porque, si el huerto

no es infinito, ¿qué habrá más allá?

Tiene miedo de no entender de pronto
a nadie, ni siquiera a Gigi.

Tiene miedo de haberse equivocado de cuento.

Y si su flor de diente de león se marcha,
¿quién le protegerá?

Tiene miedo de tragarse
un hueso de cereza

y que le crezca
un cerezo en la barriga.

Tiene miedo a ser aplastado
al pasar la página.

Los días divertidos

Pomelo es muy feliz
bajo su flor de diente de león.

Pero algunos días,
lo que de verdad le gusta,
es deslizarse por las hojas
como si fueran toboganes.

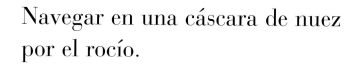

Navegar en una cáscara de nuez
por el rocío.

O viajar sobre la espalda de Gigi

entre las zanahorias.

A Pomelo le gusta también
contar nubes.

Convertirse en fuente
para impresionar
a las hormigas.

Esconderse en el espliego.

O hacer carreras
con las babosas.

Se siente orgulloso de ir con Gantok
a pasear por la tarde…

antes de ir a ver
la puesta de sol.

A Pomelo le gusta hacer de peral.

Y también hacer bricolaje.

Los días divertidos,
a Pomelo le gusta hacer lo que sea.

Pero lo que más le gusta,
lo que más, lo que más,
es que le dejen tranquilo.